UNA FAMILIA ANORMAL

* EN BUSCA DEL TESORO DE MINUCA *

CASA del SOL
LIBROS LIBROS
SHOPPING - LA FALDA
Tel.: 422238

Vallejos, Evelyn
Una familia anormal / Evelyn Vallejos.
- 2a ed . - Ciudad Autónoma de Buenos Aires : Altea, 2018.

112 p. ; 19 x 15 cm.

ISBN 978-987-736-245-9

1. Literatura Infantil y Juvenil Argentina. I. Título.
CDD A863.9282

Primera edición en la Argentina bajo este sello: octubre de 2018.
Segunda edición en la Argentina bajo este sello: octubre de 2018.

Ilustración de los personajes: Lyna Vallejos
Diseño gráfico y colaboración en ilustraciones: Candela Insua
Corrección de textos: Rodrigo Sáez

© 2018, Penguin Random House Grupo Editorial, S.A.
Humberto I 555, Buenos Aires
www.megustaleer.com.ar

Penguin Random House Grupo Editorial apoya la protección del *copyright*.
El *copyright* estimula la creatividad, defiende la diversidad en el ámbito de las ideas y el conocimiento, promueve la libre expresión y favorece una cultura viva. Gracias por comprar una edición autorizada de este libro y por respetar las leyes del *copyright* al no reproducir, escanear ni distribuir ninguna parte de esta obra por ningún medio sin permiso. Al hacerlo está respaldando a los autores y permitiendo que PRHGE continúe publicando libros para todos los lectores.

Printed in Argentina – Impreso en la Argentina

ISBN: 978-987-736-245-9

Queda hecho el depósito que previene la ley 11.723.

Esta edición de 13000 ejemplares se terminó de imprimir en Gráfica Pinter S.A., Diógenes Taborda 48, Ciudad Autónoma de Buenos Aires, en el mes de octubre de 2018.

Penguin
Random House
Grupo Editorial

LYNA VALLEJOS

UNA FAMILIA ANORMAL

* EN BUSCA DEL TESORO DE MINUCA *

Altea

1. ¿¡DÓNDE ESTÁ EL SEÑOR PATO?!

El sol se escondía lentamente en la calurosa tarde de verano y coloreaba todo de un tono anaranjado. El pueblo de Tembleque era un lugar agradable, en el que siempre reinaba la calma. Tenía pequeñas casitas de colores alegres que llenaban de vida las calles. Una destacaba entre las demás, no solo por ser más grande, sino porque estaba algo alejada, sobre una colina desde la que se podía ver todo el pueblo.

La casa era bastante antigua y había sido heredada generación tras generación por miembros de la misma familia. En el pueblo, nadie que aún viviera recordaba su construcción: era como si hubiese estado allí desde siempre.

Sin embargo, de quien sí se acordaban los habitantes era de su actual propietaria, una mujer anciana que disfrutaba de pasear por las calles y hablar con los vecinos. Su figura era llamativa y estaba rodeada por un halo de misterio... Ninguno de los que usualmente conversaban con ella sabía su edad. La gente solía divertirse apostando cuántas décadas llevaba ya en la tierra. Pero, en verdad, su rostro era terso y suave, y si no fuera por las pequeñas arrugas que rodeaban sus ojos, cualquiera diría, sin exagerar, que se trataba de una adolescente

vestida como una señora mayor. Sin embargo, los años sí que contaban para Rita. Cada vez le costaba más oír los ruidos lejanos o suaves, y necesitaba usar unos anteojos enormes, de vidrio grueso, para poder ver con claridad.

Otra de las cosas extrañas en ella eran sus cambios de humor repentinos e imprevisibles, y su obsesión por los cucharones. De hecho, su manía por estos objetos era tan intensa, que había enviado a construir en su jardín delantero un cucharón enorme, de color dorado, en el centro de una fuente de agua cristalina. La mayor parte del año, la casa y sus alrededores eran tranquilos y solitarios, solo

AMO LOS CUCHARONES

ABUELA RITA

se oía el piar de los pájaros que revoloteaban en los jardines y el sonido metálico de las rejas oxidadas de la entrada cuando su dueña se iba o llegaba. Pero desde hacía dos semanas, todo había cambiado. Al comienzo de las vacaciones habían llegado al pueblo Lyna y Melina, las nietas de Rita, que quedarían a su cuidado los siguientes meses y colmarían la casa con su vitalidad.

Lyna, de trece años, era la mayor. Su abuela siempre la definía como una niña que no podía quedarse quieta ni callada, y que solía darle dolores de cabeza porque, en lugar de hablar, gritaba. Melina, de nueve años, en cambio, podía pasar horas y horas casi en silencio absoluto, aunque si llegaba a ver algún insecto cerca, sus alaridos espantaban hasta al más valiente.

Ellas no llegaron solas. Estaban acompañadas por la mascota de Lyna, un patito bebé al que, con poca originalidad, llamaron Señor Pato. El pequeño adoraba recorrer los jardines de la casona y había adoptado la costumbre de picotear todas y cada una de las plantas del lugar, lo que molestaba bastante a la anciana.

—¡Lynita! —gritó furiosa la abuela Rita una tarde mientras atravesaba la puerta principal y se dirigía al living—. Otra vez tu pato feo se metió en mi fuente y está salpicando todo, andá a sacarlo ahora mismo.

Lyna apartó la vista de la televisión y miró a su hermana.

—Al menos ahora que el Señor Pato llenó el jardín de agua podemos decir que alguien lo limpió en la última década, ¿no? —murmuró entre risas.

Melina le respondió con una carcajada ahogada, y la anciana, que no había podido captar ni una palabra de la conversación, frunció el ceño.

—Ya voy, abuela, no te desesperes, es solo un poco de agua —respondió finalmente Lyna, sin darle importancia, mientras se levantaba de la silla de madera en la que había pasado la última media hora y caminaba hacia el jardín.

—"Es solo un poco de agua, no te desesperes" —repitió Rita con un tono burlón cruzándose de brazos—. Claro, nadie piensa en mi pobre jardín. Melinita, haceme un favor, que estoy estresada: prepárame una taza de té mientras me visto para ir a mi clase de reggaeton —dijo, y desapareció de la habitación antes de que su nieta pudiera responderle.

Pocos minutos más tarde, Lyna volvió a entrar en la casa, pero esta vez con su mascota en brazos, envuelta en toallas para secarle el plumaje. Fue hasta la habitación que compartía con su hermana, cerró la puerta y dejó al Señor Pato en el suelo para que jugara dentro de esas cuatro paredes. Era increíble cómo había cambiado la habitación de las chicas en esos días. Cuando llegaron, el cuarto era sombrío y estaba abandonado, apenas podían dormir por el miedo. Pero pronto pudieron convencer a su abuela para volver a decorarlo. Y fue así como cobró vida: pintaron las paredes con sus colores favoritos, violeta y azul, compraron muebles y la llenaron con los peluches que habían llevado. Se había convertido en un lugar alucinante.

★

De pronto, Melina abrió la puerta de la habitación.

—¡La abuela se fue a su clase, ya podemos jugar! —gritó con entusiasmo.

Cuando Rita salía, las hermanas aprovechaban para explorar los rincones de la casa que la abuela les había prohibido. El lugar estaba lleno de innumerables tesoros, algunos eran curiosos, otros tenían mucho valor, la mayoría eran completamente inútiles y un puñado parecían peligrosos.

Lo que más les gustaba visitar era un cuarto en particular, al que llamaban "la sala de los secretos". Su nombre se debía a que era el único de toda la casa que estaba cerrado con llave. Rita nunca hablaba de lo que había allí adentro. Aunque una tarde, mientras la abuela dormía sentada en su sillón favorito, Melina se había  metido en su dormitorio y había encontrado las llaves en un cajón de la mesa de luz.

Ese día, como todos los miércoles en los que la abuela las dejaba solas en la casa por poco más de una hora, las hermanas abrieron la puerta de la sala de los secretos y una vez más entraron en busca de objetos misteriosos.

En otras expediciones ya habían encontrado una pluma que se suponía que escribía con tinta invisible (aunque nunca lograron corroborar si escribía o no), una rana de cristal y una cajita que no pudieron descubrir para qué servía o si contenía algo en su interior, ya que cada vez que la tocaban les daba electricidad.

PLUMA DE
TINTA INVISIBLE

RANA DE
CRISTAL

CAJITA QUE DA
ELECTRICIDAD

Esa tarde, Lyna miraba con curiosidad una muñequita de cerámica que se dividía a la mitad y en su interior guardaba otra muñequita, cuando su hermana la llamó.

—Ly, vení, tenemos que probar esto —dijo Meli en voz alta mientras desempolvaba algo que, a simple vista, parecía una canasta. Aunque enseguida advirtieron que se trataba de una pequeña catapulta, en la cual se podían poner objetos no muy grandes y dispararlos.

—¡Es genial, vamos a probarla! —dijo Melina mientras buscaba entre el desorden algún objeto que pudiera ser arrojado.

—¡Acá! —gritó Lyna, y levantó de un rincón una pequeña pelota de golf casi hecha pedazos—. Vamos al jardín a lanzarla.

Meli tomó la pelota y empezó a inspeccionar el aparato mientras caminaba. Lyna y el Señor Pato iban tras ella.

De pronto, los dedos de Melina se resbalaron y la catapulta se disparó, con tanta mala suerte

que la pelota dio contra
uno de los jarrones
que decoraban el
salón de la abuela.
El ruido del objeto
al estallar en pedazos
hizo que los tres se asustaran: Lyna y Melina
ahogaron un grito, y el patito huyó del lugar
aterrado.

—¡La abuela nos va a matar! —gritó Lyna
agarrándose la cabeza y dando vueltas como
loca—. ¿Qué hacemos?¿Cómo lo arreglamos? ¡Si
se da cuenta, tal vez nos mande de nuevo para
casa! —dijo con la voz entrecortada y los ojos
llenos de lágrimas.

★

Mientras Lyna solía perder el control ante situaciones de ese estilo, Melina se mantenía más calmada. Si bien tenía miedo y sus manos temblaban por los nervios, intentaba concentrarse en cómo solucionar el problema en lugar de pensar en cómo reaccionaría su abuela. Observó con cuidado las piezas para ver cómo podía rearmar el jarrón. Lyna seguía girando con las manos en la cabeza. Si bien intentaba ocultarlo, estaba enojada con su hermana: por su culpa ambas podían estar en problemas.

Jarrón en pedazos

—Ok, entonces juntamos las partes y las escondemos en nuestra habitación. Y como el jarrón era cuadrado, podemos hacer una réplica en cartón hasta que esté arreglado el original —dijo Meli pensativa, mientras recogía los restos—. Sí, sí, eso tenemos que hacer.

—Me encantaría creer que ese plan realmente puede funcionar, pero la abuela no va a tardar ni un día en darse cuenta de que el jarrón es falso —respondió Lyna, desanimada—. No hay muchas opciones: o hacemos uno falso o confesamos que lo rompimos... Creo que en este caso tendríamos que decirle la verdad, aunque nos quiera matar.

—¿Te volviste loca? —gritó Melina—. ¿Cómo le vamos a decir que lo rompimos?

—¡Es que lo rompimos, Meli! — respondió su hermana—. Voy a ayudarte a levantar las partes antes de que el Señor Pato las pise y se lastime —dijo Lyna un poco más calmada, mientras buscaba por todos lados a su mascota. ¿Dónde se había metido? Revisó cada rincón, pero el Señor Pato no aparecía.

—¡El Señor Pato, Meli! ¿Dónde está el Señor Pato —gritó desesperada.

—★—

2. EL TESORO ANCESTRAL

Lyna y Melina corrieron por la casa llamando a gritos al Señor Pato, pero no había señales de él. Meli buscó en los dormitorios y algunas habitaciones abandonadas mientras su hermana revisaba la cocina, el baño y el jardín. Lyna empezó a pensar que su mascota podría haber escapado. Se sentó en el borde de la fuente donde hacía no mucho rato el Señor Pato jugaba alegremente y se puso a llorar desconsolada.

★

Melina, que no se había rendido y continuaba buscando dentro de la casa, vio a Lyna desde la ventana de la cocina y salió a consolarla. Se sentó a su lado y la abrazó fuerte.

—Quedate tranquila, lo vamos a encontrar —le dijo—. Seguro pasamos algo por alto, estoy convencida de que no se fue.

Pero Lyna ya temía lo peor y se había quedado sin esperanzas.

—Esperá... ¿buscaste en la sala de los secretos?

Lyna, que sollozaba con la cabeza sumergida entre los brazos, se detuvo de golpe y levantó la cabeza. La miró con los ojos llenos de lágrimas e hizo un gesto de negación.

—¿Ves? ¡Sabía que algo nos faltaba! —gritó Melina, y corrió hacia la casa.

Sin dudarlo un segundo, Lyna se secó las lágrimas de la cara y la siguió, mientras volvía a llamar a su mascota a los gritos.

Ya en la sala de los secretos, miraron a su alrededor. A la izquierda había algunos muebles en desuso cubiertos por sábanas, y algunas cajas viejas y destruidas. A la derecha, el desorden

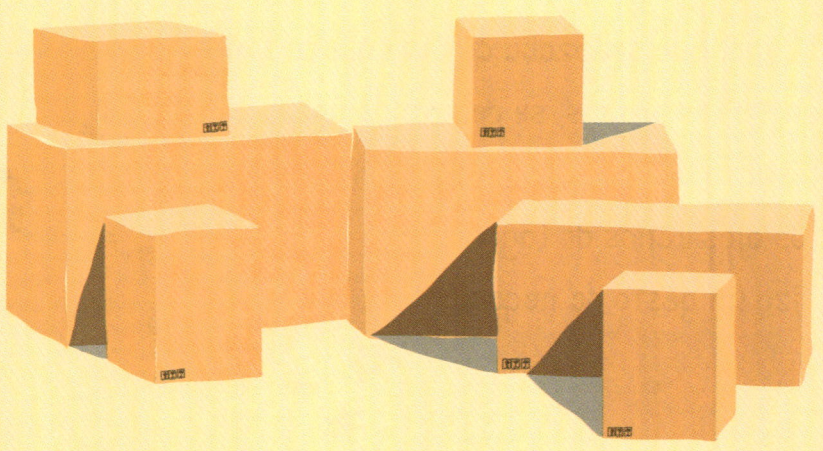

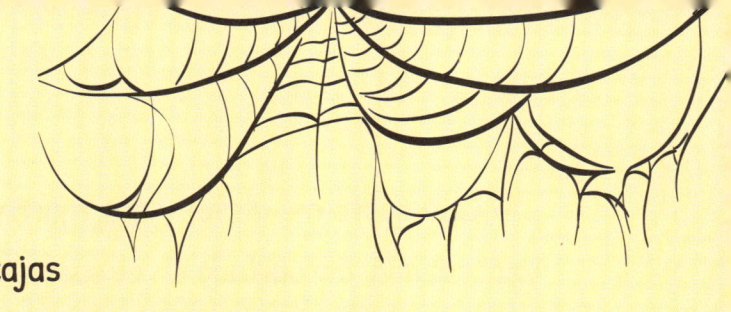

era peor: un enjambre de cajas de todos los tamaños y diversos objetos que habían sido abandonados allí hacía años. Entonces, comenzaron a mover las cosas de su lugar con la esperanza de que el Señor Pato apareciera. De pronto, un sonido desde un rincón de la habitación llamó su atención...

¡Sin duda era él! No comprendían cómo había llegado ahí. Una a una, quitaron todas las cosas que lo acorralaban hasta liberarlo.

—¡Qué susto me diste! —murmuró Lyna mientras lo abrazaba, arrodillada en el suelo—. Pensé que te había perdido…

Aún con los ojos llenos de lágrimas, giró la cabeza hacia su hermana.

—Debe haberse asustado con el ruido del jarrón, pero no entiendo cómo llegó a meterse acá.

Melina no la escuchaba. Su mirada estaba fija en un cofre de madera adornado con pequeños trozos de espejos que formaban la letra "M".

—¿Meli? ¿Me estás prestando atención?

—Mirá esto, es súper raro.

—¿Qué? Debe ser una más de las cosas que no sirven para nada —respondió Lyna.

—No sé qué hay adentro, pero tiene mi inicial en la tapa. ¿Será un regalo para mí? —preguntó Melina, con voz dudosa.

—No lo creo, debe estar en esta habitación desde antes de que nacieras. Pero tampoco sé de quién puede ser. Abrilo y veamos qué tiene.

La menor de las niñas abrió el cofre y, un poco decepcionada, pudo ver que solo contenía cartas viejas y algunas fotografías.

—¿Quién será el de la foto? —preguntó Lyna mientras señalaba la imagen de un hombre de aproximadamente cincuenta años, de pelo corto y vestido con traje. Como la foto era antigua y estaba impresa en blanco y negro, las facciones no podían verse con claridad.

—No tengo idea… ¿Nos lo llevamos para investigar qué más hay adentro? —preguntó Melina mientras revolvía el interior del misterioso cofre.

—¡Dale! Pero rápido, que no nos dimos cuenta y

se nos hizo tarde, la abuela debe estar por volver.

Y justo cuando cerraban la caja, escucharon un sonido a sus espaldas: alguien se aclaraba la garganta y golpeteaba el pie contra el suelo con impaciencia. Rita había vuelto.

—¿Qué están haciendo acá? —gritó la anciana desde el otro lado de la habitación. Nunca antes la habían visto tan enojada—. Creí que estaba claro que las salas cerradas con llave estaban PROHIBIDAS.

Las niñas se quedaron congeladas: ninguna se animaba a dar excusas y además sabían que todo iba a empeorar cuando la abuela descubriera el jarrón. Después de unos incómodos segundos de silencio, Melina decidió romper el hielo.

—Perdón, abuela —dijo, bajando la mirada.

—¿Perdón? ¿PERDÓN? Ustedes dos, jovencitas, rompieron las reglas. Van a estar castigadas por un buen tiempo. Ahora quiero que vayan a su cuarto, y en el camino dejen las llaves donde las encontraron —dijo Rita, y desapareció de la habitación.

Lyna y Melina obedecieron y, junto con el Señor Pato, se encerraron en su cuarto.

—Podría haber sido peor —dijo Meli mientras cerraba la puerta y volvía a observar la caja que se había llevado a escondidas.

—No te adelantes, que todavía no nos dijo cuál va a ser nuestro castigo. Tal vez nos hace comer su tarta de manzana en todas las comidas durante el tiempo que nos queda acá —respondió Lyna con una sonrisa—. A ver, ¿qué más tiene esa caja que encontraste?

Pasaron un buen rato investigando todo lo que contenía la caja. Hasta que descubrieron, en el fondo, un pequeño cristal ovalado.

—Tenemos que contarle a la abuela sobre esto —concluyó Melina.

—¿Para qué? Seguro que ya lo sabe y no le dio importancia... De alguna manera tuvo que haber llegado a esa habitación —le respondió su hermana mientras volvía a guardar todas las cosas.

—Esperá, hay algo más...

Melina estaba leyendo una de las cartas viejas que había en la caja. Sus ojos repasaban una y otra vez los renglones.

—¿Qué dice? Dale, no te hagas la misteriosa.

Melina le hizo un gesto a su hermana para que se acercara y le entregó la carta, que Lyna leyó en voz alta.

Querida familia:

Desde la juventud, mi meta en la vida fue una sola: recuperar el tesoro ancestral, aquel que perteneció a nuestros respetados antepasados y que hace más de tres siglos nos fue arrebatado por gente que buscaba enriquecerse a costa de lo ajeno.

Como sabrán, nuestro linaje está desapareciendo, y somos los únicos herederos de aquel tesoro tan especial. Tienen que saber que en cierta oportunidad pude hallarlo, y lo sostuve entre mis manos.

Sin embargo, tuve que volver a dejarlo en el mismo templo donde estuvo guardado durante cientos de años porque mi vida corría peligro.

Ese tesoro nos pertenece. Mi anhelo es que en algún futuro nuestra familia pueda recuperarlo. Pero, para evitar que cualquiera pueda entrar en la cámara donde está guardado, debo advertirles que el camino será duro y peligroso.

No olviden llevar consigo el cristal y el mapa que los guiará hacia el templo. Los van a necesitar.

Sean felices,

M

—¡Esto es increíble! —dijo Melina cuando Lyna terminó de leer la carta.

—No tiene ningún sentido... —se burló Lyna mientras doblaba el papel y se tumbaba en la cama. Pero antes de que pudiera cerrar los ojos, su hermana comenzó a llamar a su abuela a gritos.

—¿Qué hacés? ¡No la llames! —le dijo. Pero la abuela ya estaba ahí, parada en la puerta con cara de preocupación.

—¿Pasó algo, m'hijita? Vine lo más rápido que pude, pero mis huesos ya no están para tanto esfuerzo —dijo la anciana. Era extraño, porque no parecía molesta. Tal vez el enojo se le había pasado, o tal vez simplemente había

ABueLaaaaaaaaaa

olvidado por completo lo que había sucedido. Su actitud era igual de amable que siempre.

—Mirá, abuela, sé que no tendríamos que haber revisado tus cosas, pero encontramos esto en la sala de los secretos —le explicó Melina mientras le acercaba la caja para que pudiera verla mejor.

—¿La sala de los qué? —preguntó la abuela mientras hundía uno de sus dedos en su oído izquierdo, como queriendo limpiarlo para escuchar mejor.

—Encontramos esta caja con una "M" en la tapa. Tiene fotos viejas y hay una carta que habla de un tesoro. Y Melina quiere ir a buscarlo —le resumió Lyna.

—Wo, wo, wo, más tranquila,

jovencita, que hablás muy rápido —dijo Rita mientras sujetaba la caja entre sus manos. La abrió y vio una de las fotografías. —¡Este hombre era mi padre, Margarito!

Foto de Margarito, el padre de la abuela Rita

—¿Entonces el tesoro sí existe? —preguntó Lyna asombrada.

—¿Tesoro? ¿Qué tesoro? —preguntó la abuela pensativa.

De pronto, su expresión pasó de la confusión a la sorpresa, invadida por un recuerdo.

—Uhhh, ¡el tesoro! ¡Tendría que haberlo ido a buscar hace cincuenta años!

—¿Y qué pasó? ¿Por qué no fuiste? —la interrogó su nieta menor.

—Me olvidé —dijo la abuela entre risas—. Lynita, decime de nuevo qué había dicho mi padre, que no me acuerdo lo que hice antes de venir acá, menos me voy a acordar de cuando era joven.

—Entonces sí que fue hace mucho tiempo —se burló Melina, y ambas se rieron. Rita, que no había escuchado nada de lo que habían dicho, se sumó a las risas para disimular que no había entendido.

Lyna le resumió la carta a su abuela mientras Melina miraba por la ventana con gesto pensativo.

—Mmm… no entiendo… ¿Cuál será el tesoro? —preguntó de pronto. Y cada una comenzó a imaginar cuál podía ser el tesoro escondido.

La abuela Rita cerró los ojos y soñó que el tesoro abría un portal hacia una tierra sagrada. ¡Una tierra llena de cucharones!

Lyna, por su parte, imaginó un pato enorme de peluche. ¡Qué genio el bisabuelo! Había pensado en las futuras generaciones y les había dejado algo que sabía que las iba a hacer felices.

Melina, en cambio, no tenía ni idea de qué podía ser el tesoro...

—¿Entonces podemos ir a buscar el tesoro? —preguntó Lyna entusiasmada.

—No —respondió la abuela—, es muy peligroso, m'hijita, y si les pasa algo lo voy a lamentar el resto de mi vida.

—¡Por favor! Tampoco te queda tanta vida para lamentarlo —le dijo Melina, poniendo su mejor cara de pena.

—No digas eso, m'hijita, que con los años que tengo creo que viviré eternamente... Está bien, hagámoslo.

—¡Sí! —exclamaron las chicas al unísono, mientras se chocaban las manos.

—Ahora vamos a dormir. Salimos mañana temprano —dijo la abuela. Se acercó a ambas, les dio las buenas noches y se fue de la habitación.

—★—

3 TRES PERSONAS, UN AUTO... Y UN PATO

El reloj marcaba las seis de la mañana cuando el sol comenzó a salir en el horizonte. La casa de la colina estaba muy tranquila. Los primeros rayos de luz despertaron a Rita, que se levantó y se vistió.

—¡A desayunar, m'hijitas! —dijo contenta mientras entraba en la habitación de sus nietas.

Para su sorpresa, las niñas ya estaban de pie y listas.

—¡Estábamos tan nerviosas, que apenas pudimos dormir! —exclamó Melina, mientras terminaba de cepillarse el pelo.

La abuela preparó tostadas con manteca para el desayuno y las tres devoraron sin pausa. Estaban ansiosas por la gran aventura en la que se iban a sumergir.

Con la taza de café con leche en la mano, Lyna estudiaba una y otra vez el mapa que habían encontrado en el cofre.

—La ruta es difícil, pero hay algo que me preocupa más —dijo mirando a la anciana—. El templo parece una pirámide en un desierto que queda a muchas horas de caminata. ¿Cómo vamos a llegar?

—Ay, pero ¿qué pregunta es esa, Lynita? Vamos a llegar con mi auto —respondió Rita, sin preocuparse, mientras limpiaba los vidrios de sus anteojos.

Un silencio repentino invadió la habitación. Los sonidos de la cuchara de Melina golpeando contra la taza cesaron, al igual que el crujido que hacía el papel antiguo del mapa cuando Lyna lo movía. Hasta el Señor Pato parecía haberse paralizado.

—¿Tu auto, abuela? —preguntó la nieta mayor, incrédula—. Tu auto es lo más parecido a una carreta que vi en mi vida, y no lo usás desde hace treinta años... No vamos a llegar.

La tensión se sentía en el aire. El plan podía salir muy mal.

—¡Qué exagerada! ¡Si está como nuevo! —respondió Rita, acomodándose los anteojos de nuevo sobre la nariz.

Media hora después estaban listas para partir. Rita había preparado una mochila llena de comida, con la que podrían alimentarse por semanas. Aunque Melina le advirtió que estaban llevando demasiadas provisiones y que eso iba a ser mucho peso sobre su espalda, la abuela no quiso escucharla. Lyna era la responsable de indicar el camino y tenía todo lo esencial: el mapa y el cristal ovalado, aquellas cosas sin las cuales no podrían llegar al tesoro. Su hermana menor, en cambio, era la encargada de cuidar al Señor Pato para que no se perdiera durante la travesía.

Antes de comenzar el viaje, tuvieron que limpiar los vidrios del auto, que con tantos años de desuso había acumulado una capa de polvo tan gruesa que no permitía ver hacia el otro lado. Cuando terminaron, los cuatro subieron al auto y se pusieron en marcha hacia el Gran Desierto de Minuca. En pocos minutos, el pequeño pueblo de Tembleque quedó a sus espaldas.

★

Después de pasar varias horas manejando por un camino montañoso, hicieron una parada en un pequeño pueblo para cargar combustible. Los que los veían pasar se quedaban pasmados con el auto de Rita: ¡no podían creer que ese trasto se mantuviera en funcionamiento!

Más tarde atravesaron un frondoso bosque.

—Veo, veo.. —dijo Lyna mientras miraba por la ventanilla.

—¿Qué ves? —respondió Melina, divertida con el juego. Y es que las horas adentro del auto comenzaban a tornarse insoportables.

—Una cosa de color... —Lyna se detuvo un momento a pensar, inspeccionando el paisaje—. Verde.

—Mmm... ¿un árbol? —se arriesgó su hermana, con algunas dudas.

—¡Sí!

—¡Ahora me toca a mí! —exclamó Melina entusiasmada—. Veo algo color... —dejó de hablar y miró fijo hacia el exterior. Se rascó la cabeza,

como si estuviese profundamente concentrada—: ¡Verde!

—¿Otro árbol? —arriesgó Lyna casi sin pensarlo, y Melina asintió rápidamente con la cabeza.

—Y sí, querida, ¿qué más va a ser? Si lo único que hay son árboles en este lugar feo —interrumpió la abuela.

Llegó la noche y decidieron tomar un descanso. Rita estaba exhausta por haber conducido tantas horas, y todos tenían un hambre voraz. Así que frenaron al costado del camino y, luego de salir un rato a estirar las piernas entumecidas, cenaron algunas de las provisiones que la abuela había guardado. Después se acomodaron para dormir, con la esperanza de llegar a su destino al día siguiente.

El espacio que había en el vehículo era muy reducido y el descanso parecía imposible.

Mientras Rita y el Señor Pato dormían en la parte delantera del auto, ambos con los asientos reclinados casi a tope para poder estar cómodos (aunque las niñas no entendían por qué la abuela había insistido en reclinar la butaca para la mascota), Lyna y Melina intentaban no morir aplastadas en la parte trasera.

A la mañana siguiente, Rita despertó totalmente renovada y de muy buen humor, mientras que sus nietas comenzaron el día con un fuerte dolor de cuello por la posición en la que habían dormido. Desayunaron rápido y siguieron el recorrido: sabían que estaban cada vez más cerca del tesoro, y eso las mantenía motivadas.

Luego de unas largas horas de conducir, y ya muy adentradas en el Gran Desierto de Minuca, un repentino problema se cruzó en su camino: la carretera que tenían que seguir, totalmente abandonada, se perdía debajo de una capa gruesa de arena y se volvía intransitable.

—Según el mapa, estamos acá —señaló Lyna, apuntando con su dedo el lugar exacto en el antiguo papel—. O tal vez puede que estemos aquí —se corrigió, dubitativa—. ¡Ay! ¡No lo sé! Me quedé dormida hace un rato, no estaba prestando atención al camino —se disculpó mientras se agarraba la cabeza.

Rita tomó el mapa y lo miró fijamente por unos instantes que parecieron eternos.

—Según el mapa, estamos perdidos —concluyó la abuela, y tiró el papel hacia la parte trasera del auto—. Dejen que yo me encargo, ¡vamos a llegar a ese templo como que me llamo Ana Rita Clotilde de las Mercedes Elsa Capuntas de Vallejos! —exclamó, y automáticamente presionó el acelerador hasta el fondo para

avanzar por la arena, sin tener en claro el camino que estaba siguiendo.

Lyna y Melina, asustadas en la parte trasera del auto, sujetaron con todas sus fuerzas los respaldos de los asientos delanteros, y el pato se refugió debajo de las piernas de su dueña. Todos entraron en pánico excepto Rita, que parecía estar pasándola bastante bien.

—M'hijitas, ¡no sabía que mi coche era todo terreno! —gritó llena de euforia mientras conducía—. Y nunca había ido tan rápido. Siento que estoy de nuevo en mi juventud.

★

Media hora más tarde, la abuela ya se había tranquilizado y todos comenzaban a sospechar que estaban siguiendo un rumbo equivocado cuando, en el horizonte, Melina pudo divisar lo que parecía ser un templo. Y hasta allí se dirigieron.

—¿Vieron? Ustedes no confiaban en mi auto y nos trajo hasta aquí sin problemas —dijo Rita mientras apagaba el motor.

Salió del vehículo cuando ya todos estaban afuera y cerró la puerta con un golpe que hizo que se desprendiera y cayera al piso.

—¡Uy! Bueno, una puerta más, una menos... No pasa nada, todavía me quedan tres.

Acto seguido, puso la alarma por si alguien intentaba robar el auto y todos se alejaron rumbo al templo.

-★-

4 ¿QUÉ ES ESE RUIDO?

Las paredes del templo permitían suponer que la construcción había resistido cientos de años en pie. Comenzaron a subir uno por uno los empinados e interminables escalones que llevaban a la entrada y, una vez allí, se encontraron con imponentes pilares que custodiaban la puerta.

Desde afuera, la oscuridad del interior parecía absoluta, por lo que Melina se descolgó rápidamente el bolso que llevaba en su espalda y sacó linternas.

Rita tomó una y alumbró el gran arco de la entrada. Enormes telarañas cubrían todo y no dejaban ver más allá.

—No quiero entrar, Lynita —dijo la anciana con una mirada de preocupación en el rostro—. Este lugar es horrible.

—Pero adentro está nuestro tesoro, abuela —le respondió su nieta, mirando insegura hacia el interior del templo—. ¿No querés saber qué nos dejó tu padre?

—¿Qué tesoro? —se sorprendió Rita.

—Uh, ya se olvidó —intervino Melina—. Abuela,

hay un tesoro ahí adentro esperándonos. ¿Vamos a buscarlo?

—Ay, sí, m'hijita, un tesoro… ¡Qué divertido! —respondió la anciana, de nuevo entusiasmada, y entró.

Lyna y Melina caminaron quitando las telarañas como podían, mientras la abuela y el Señor Pato las seguían de cerca. Una vez que se abrieron paso en el interior, las chicas se refregaron las manos contra la ropa con disgusto, intentando deshacerse de la telaraña que se les había quedado adherida. Luego, las tres levantaron sus linternas y observaron lo que las rodeaba. Las paredes húmedas y desgastadas le daban un aire tenebroso a aquel lugar donde reinaba el silencio.

Los únicos sonidos que se podían escuchar eran los pasos y la respiración de los cuatro intrusos que ahora lo recorrían, y algunas goteras que llenaban de charcos el suelo.

★

Melina vio algo que llamó su atención cerca de uno de los muros y se acercó para alumbrarlo mejor. Allí, llena de polvo, pudo ver una antigua cajita musical de madera, adornada con finos dibujos de color dorado. Luego de

ESA MÚSICA...

observarla por unos segundos, la abrió, y una dulce melodía comenzó a sonar mientras una pequeña muñeca vestida de bailarina giraba en su interior. Rita escuchó la melodía y se acercó rápidamente a su nieta.

—Esa música... ¡Suena como mis clases de reggaeton! —dijo entusiasmada, mientras movía las caderas siguiendo el ritmo.

—Eso no es reggaeton, abuela —la interrumpió Lyna y se acercó a su hermana con el pato en brazos.

—¿Y entonces de dónde me suena tanto? —preguntó Rita y miró con atención el objeto que su nieta sostenía—: ¡Mi cajita! ¡Creía que la había perdido!

—Hay una nota adentro —se apresuró a decir Melina, mientras sacaba una desgastada hoja del interior. Cerró la caja, se la dio a su abuela para que hiciese con ella lo que quisiera, y empezó a leer en voz alta.

Cajita musical de la abuela Rita

Querida familia:

Si están leyendo esta nota es porque decidieron emprender el camino para recuperar nuestro tesoro. Quiero que sepan que estoy orgulloso de ustedes. Pero es mi deber advertirles que lo que les espera dentro de este lugar es peligroso y los pondrá a prueba a cada paso que den.

Nuestro tesoro está sabiamente protegido con una serie de trampas que podrán superar solo aquellos que sepan trabajar en equipo y mantengan una actitud positiva.

Para evitar que algún invasor pueda llegar al tesoro, diseñé una última prueba que solo ustedes, mi familia, podrán pasar. Así que, si quien lee esta nota no forma parte de mi linaje, le recomiendo que sea inteligente y se retire ahora, que aún está a tiempo.

Espero que tengan consigo el cristal, y les deseo la mejor de las suertes.

Con amor,

Margarito

Las tres se miraron entre sí, asustadas. La idea del peligro inminente les había parecido atractiva durante el viaje en el auto, pero ahora que estaban en ese tenebroso lugar, sin saber con qué se encontrarían, ya no les causaba gracia.

—Bueno, habrá que moverse —dijo Lyna, poco convencida, y comenzó a caminar hundiéndose cada vez más en la oscuridad, seguida por su familia.

Recorrieron el amplio salón de piedra hasta llegar a unas anchas escaleras que se extendían hacia abajo. Intentaron usar sus linternas para ver a dónde los llevaba o qué había en ese subsuelo, pero era tanto el descenso que, desde arriba, no podían distinguir el final.

Bajaron lentamente, atentos a cada paso que daban. El sonido constante de las gotas de agua cayendo al suelo comenzaba a tornarse insoportable para todos, excepto para la abuela, que avanzaba sin siquiera escucharlo.

Llegaron al último escalón y se detuvieron un segundo para inspeccionar el lugar. Otra amplia sala con paredes de piedra. Pero lo que les llamó la atención es que parecía que no llevaba a ningún lugar: solo cuatro paredes y un pequeño hoyo en una de ellas, nada más.

—No entiendo —dijo Lyna en voz baja, casi susurrando—. ¿Y los peligros? ¿No será esto una broma y habremos venido para nada?

—Tal vez nos equivocamos y no era este el camino, pero no creo que sea una broma —respondió su hermana.

—¿Y ahora qué hacemos? —gritó la abuela.

En ese momento, un fuerte ruido los paralizó: provenía de algún lugar cercano. Inmediatamente después, sonidos de pasos colmaron el lugar. No eran pasos humanos, y parecían demasiados. Era como si algún animal con cientos de patas los estuviera rodeando aunque no pudieran verlo.

Rita volvió a recorrer la habitación con su linterna y fijó la luz en el hueco de la pared. Era un agujero en el que podía caber una persona, siempre y cuando pasara agachada. Se acercó con algo de miedo y se arrodilló.

—Lynita, Melinita —dijo con una mirada llena de pánico—. Creo que estos bichitos nos quieren comer.

5
EL PATO-ARAÑA

—¿Bichitos? —dijo Lyna mientras se arrodillaba junto a su abuela.

Al ver lo que había del otro lado, retrocedió unos pasos y se cubrió la boca con las manos, como si estuviera ahogando un grito.

—¿Cómo vamos a pasar a través de eso?

Al otro lado del muro había una inmensa sala con una puerta al final. Pero el camino para llegar hasta allí no era fácil: la habitación estaba custodiada por tres arañas del doble del tamaño de una persona normal, que no paraban de caminar con sus largas y peludas patas en todas las direcciones.

Melina se asomó y analizó el lugar. Había una estrecha pasarela que iba desde el hueco en la pared hasta la puerta del otro lado. A los costados, en el suelo, había dos grandes placas de madera. Se podía ver desde lejos que no eran muy estables, ya que con cada pisada de las bestias, se hundían levemente. Muy cerca de la puerta había un gran botón rojo.

—Tal vez estos bichos sean amistosos y no nos hagan nada, ¿no? —dijo esperanzada Melina, aunque sin creer que eso fuera realmente posible.

—Fijate, querida. Cruzá el agujero y si seguís viva, vamos detrás tuyo —se rió la anciana.

Melina frunció el ceño y Rita, al notar que nadie se reía de su chiste, se puso seria y miró para otro lado, como haciéndose la distraída.

—Hay un botón en el suelo, ¿para qué será? —preguntó Lyna—. Si se fijan bien, parece que esas placas pueden caerse en cualquier momento... Tal vez el botón las abre o... no sé.

—Para saber qué hace el botón, deberíamos llegar al otro lado —intervino su hermana—. ¿Cómo vamos a hacer?

—¡Ya lo sé! —gritó Lyna, entusiasmada—. ¡Este es el momento en el que aparece un auto volador y nos salva de las arañas gigantes!

—¿De qué hablás, m'hijita? —le preguntó la

abuela Rita—. Creo que estuviste viendo muchas películas últimamente... Cuando volvamos a casa no te voy a dejar ver la televisión por un tiempo —dijo, mientras Melina reía por lo bajo.

Decidieron tomarse un descanso para comer algo mientras pensaban cómo superar la prueba. El ruido constante de las arañas al otro lado del grueso muro era como una cuenta regresiva.

—¡No puede ser que no se me haya ocurrido antes! —dijo Melina mientras buscaba enérgicamente algo en su mochila—. ¡Acá está! —exclamó, mientras sacaba un pequeño disfraz de araña.

—¿Qué es eso? —preguntó Lyna.

—¡Es para el pato! Lo había comprado para asustarte y pensé que con esto de la búsqueda del tesoro se iba a dar alguna ocasión, pero me olvidé de que lo había traído.

Lyna empezó a ponerse nerviosa.

—Espero que no estés pensando en usar al Señor Pato para cruzar con ese disf...

Pero ya era tarde, porque Melina le había puesto el traje a la mascota, que graznaba y correteaba feliz por la sala.

—Es la única forma, Lynita, a ustedes no les entraría el traje —intervino Rita—, y a mí me dan asco las arañas, ni loca me meto ahí adentro —agregó, mientras le daba pequeños empujoncitos al pato para llevarlo poco a poco hacia el hoyo de la pared.

—Pero, ¡¿y si le pasa algo?! —exclamó Lyna, entrando en pánico. Temía que el plan fracasara y su mascota saliera lastimada.

—Quedate tranquila, m'hijita, confiá en mí —le respondió Rita, mientras hacía que el Señor Pato cruzara al otro lado del muro.

Lyna, temblando de miedo y consumida por los nervios, se arrodilló para ver qué le pasaba a su mascota. Temía lo peor. Pero, para su sorpresa, el pato estaba lo más tranquilo jugando con las patas falsas que colgaban de su disfraz. En eso, una araña se le acercó... lo miró y... se alejó sin mostrar ningún interés.

¡El pato-araña!

CUAC CUAC

Al ver que estaba a salvo, Lyna le hizo señas rápidas para que llegara al otro lado de la habitación. Al comienzo, el Señor Pato no entendía qué quería transmitirle ella, pero después de varios intentos, se acercó al botón. Al llegar ahí, Lyna comenzó a mover su cabeza hacia abajo, tocando el suelo con la nariz y volviendo a erguirse, para indicarle que debía presionar el botón con el pico.

El Señor Pato, algo confundido, lanzó un fuerte graznido que alertó a las arañas, pero en el preciso momento en el que se le abalanzaron tocó el interruptor con el pico. Entonces, las placas se abrieron y los enormes bichos cayeron al vacío.

Una tras otra, la abuela, Lyna y Melina cruzaron la abertura. Cuando estuvieron adentro, las antorchas que colgaban de la pared se encendieron repentinamente. La pasarela del centro estaba intacta, y donde antes estaban las placas, ahora se abría un profundo pozo con lava en el fondo.

Rita caminó por la pasarela, seguida de sus nietas, pero cuando llegó a la mitad, escuchó un sonido que provenía desde abajo: una de las tres arañas había logrado aferrarse a la pared. Aún estaba viva y escalaba rápidamente hacia ellas.

Sin pensarlo, Rita tomó un cucharón del bolsillo de su mochila y, tan pronto como vio aparecer los colmillos de la araña, la golpeó con tal fuerza en

¡Cucharón salvador!

la cabeza que el monstruoso bicho cayó a la lava.

Al darse cuenta de lo que acababa de hacer, la abuela quedó paralizada. Lyna y Melina la ayudaron a avanzar hacia la puerta mientras la abuela seguía en estado de shock. Tan pronto como estuvieron a salvo, Lyna corrió a abrazar al Señor Pato.

—¡Estuviste increíble! —le dijo mientras lo llenaba de besos.

—¿Vieron eso, m'hijitas? —dijo por fin la abuela— ¡Mi cucharón nos salvó! Y después ustedes dicen que no sirven para nada —agregó mientras acariciaba su vieja y desgastada cuchara de madera.

Melina se acercó a la puerta y la empujó, pero fue inútil.

—¿Y ahora cómo pasamos para el otro lado? —preguntó.

Lyna buscó con la mirada algo que pudiera desbloquear la puerta, pero la sala estaba completamente vacía. Se acercó al botón que el Señor Pato había accionado antes y volvió a presionarlo. Las placas que se habían soltado y habían caído hacia el fondo, dejando descubierta la lava, volvieron a levantarse y ubicarse en su lugar, y se escuchó un chasquido de cerrojo. La puerta de salida se había desbloqueado.

6. LOS ESCALONES DE LA MUERTE

Las antorchas de la nueva habitación se encendieron e iluminaron un reto muy difícil de superar.

En este caso, la puerta de salida estaba arriba de una plataforma muy elevada, casi a la altura del techo. La única forma de llegar hasta ahí era subiendo siete escalones que estaban amurados a la pared. El problema era que los peldaños estaban muy separados entre sí y había que dar enormes saltos para pasar de uno al otro. Y como si esto fuera poco, debajo, unas hileras de piedras extremadamente afiladas amenazaban con herir o matar a quien no lograse dar el salto.

—Bueno, nietitas mías, ustedes son jóvenes y fuertes —comenzó a decir la abuela mientras se sentaba en un rincón de la habitación—. Vayan, busquen el tesoro. Yo ya estoy vieja para estos trotes. Después nos dividimos lo que encuentren.

—No, no, no, señora —le respondió al instante Lyna, con una mirada de desaprobación—. Si querés parte del tesoro, vas a tener que venir a buscarlo.

—¿Pero cómo voy a hacer eso, Lynita? No puedo saltar tanto —argumentó la anciana.

—Ya se nos va a ocurrir algo, pero ahora tenemos que descansar —dijo Melina mientras sacaba de su mochila una bolsa de dormir—. Ya tuvimos suficiente aventura por hoy.

—¿Dormir? —preguntó Rita—. ¿ACÁ? Te juro por los calzones que no tengo que ni muerta paso la noche en esta pocilga —dijo, y se cruzó de brazos.

—No tenemos otra opción —intentó explicarle Lyna—. Caminamos mucho para llegar, tardaríamos demasiado en volver al auto.

Lyna imitó a su hermana y colocó su bolsa de dormir en el suelo. Rita, al ver que ambas chicas y el pato ya estaban listos, frunció el ceño y, enojada, se preparó para descansar.

Dentro del templo, las horas parecían no pasar.

La noche se hizo eterna, pero así y todo lograron dormir un poco.

Melina fue la primera en despertar. Sacudió a su hermana y a su abuela, que abrieron los ojos al instante, y buscó provisiones dentro de las mochilas.

—Tenemos que comer bien ahora —dijo Lyna entre bostezos—. Para llegar al otro lado vamos a tener que dejar todas nuestras pertenencias acá y buscarlas de nuevo cuando ya tengamos el tesoro.

—¿Dejar nuestras cosas acá? —preguntó su hermana, sorprendida—. ¿Por qué?

—La abuela tiene razón, ella no puede saltar. Y el Señor Pato tampoco, así que vamos a tener que cargarlos.

Se tomaron su tiempo para comer y trazar un plan de acción. Lyna llevaría en sus hombros a la anciana mientras Melina cargaría a la mascota dentro de una de las mochilas, junto con una cantimplora y algo de comida.

El Señor Pato se resistió a meterse adentro de la mochila y picoteó más de una vez a Meli, hasta que se dio cuenta de que no tenía alternativa.

Los primeros escalones fueron fáciles de saltar y la abuela Rita comenzó a alentar a sus nietas mientras se agarraba con todas sus fuerzas a la espalda de Lyna. Pero a medida que avanzaban, el cansancio iba actuando sobre sus cuerpos, y la brecha entre escalón y escalón se abría cada vez un poco más.

Al llegar al tercer escalón, Lyna se acercó al borde y miró hacia abajo: las piedras filosas se erguían amenazantes debajo de sus pies. Fue entonces cuando el miedo la invadió, y temblando de nervios, dio un largo salto con el que apenas llegó al cuarto peldaño.

—¡¡¡Llegué!!! —gritó Melina con euforia—. El final es lo más difícil, pero dale, Lyn, ¡que vos podés!

Lyna continuó saltando hasta llegar al último escalón, ese que según su hermana era "el más difícil". Y pronto comprendió por qué: la distancia era abismal y el peldaño lucía como si estuviese a punto de derrumbarse. Con solo mirarlo daba un miedo tremendo. Además, Lyna cargaba con su abuela en la espalda.

—Necesito descansar un poco —dijo mientras le hacía señas a Rita para que bajase cuidadosamente—. Esto es muy peligroso, no lo vamos a lograr —se lamentó mientras volvía a mirar las aterradoras y filosas piedras que asomaban desde abajo.

Habían escalado tan alto que la caída podía ser mortal.

—Es difícil, pero se puede —la alentó su hermana mientras liberaba al Señor Pato de la mochila.

Lyna entendió que este no era momento para dudar o echarse atrás. Lo que tenía que hacer ahora era juntar coraje y cumplir su misión. Volvió a alzar a su abuela sobre la espalda. Cerró los ojos, respiró profundo y se dijo a sí misma que todo estaría bien. Dio dos pasos hacia atrás para tomar carrera y luego saltó con toda su fuerza.

Pero la abuela pesaba demasiado, y ese peso no le permitió alcanzar el escalón. Fue capaz de aferrarse con las manos al borde, mientras su cuerpo colgaba en el aire, a punto de caer en cualquier momento.

—¡Ayudá a la abuela! —gritó Lyna a su hermana, que estaba mirando lo que ocurría a solo un paso de distancia.

Temblando de los nervios, Melina se arrodilló junto al borde del peldaño. Quería salvar a ambas, pero tenía miedo de no lograrlo, ya que juntas eran demasiado pesadas. Así que le hizo caso a su hermana: tomó el brazo de su abuela y tiró de él con todas sus fuerzas. Alcanzó poner a Rita a salvo. Pero los segundos pasaban, y Lyna se debilitaba: su brazo izquierdo no soportó la presión y cedió. Solo los dedos de la mano derecha impedían que cayera a una muerte segura.

—¡Dame la mano! —gritó Meli, y Lyna levantó su brazo libre tan alto como pudo.

Su hermana y su abuela lo sujetaron con fuerza y comenzaron a tirar.

—¡Aguantá, Lynita querida!

Tiraron y tiraron mientras el Señor Pato graznaba enloquecido. ¡Y lo lograron!.

Lyna se recostó de espaldas sobre la piedra, con la respiración agitada. Su hermana y su abuela, de rodillas a su lado, no podían creer lo que había pasado. Pero una cosa era segura: habían superado el reto. Las esperaba una gran puerta y, tan pronto como comenzaron a caminar en dirección a ella, un sonido de cerrojo desbloqueándose les indicó que podían pasar a la próxima sala.

—★—

7 La prueba de Margarito

Lyna dio unos pasos tambaleantes, pero su cuerpo apenas respondía. Un sudor frío la recorría de pies a cabeza y temblaba como nunca antes. Se dejó caer en el suelo, justo al lado de la puerta, y todos se acercaron a ella. Su hermana la abrazó. Rita la imitó. El Señor Pato le picoteó cariñosamente el pie.

—Gracias —dijo Lyna con un nudo en la garganta—. No sé qué me hubiera pasado sin ustedes.

—Sin mí no habrías tenido problemas para llegar al otro lado, Lynita —le dijo la anciana mientras le rodeaba el rostro con sus manos—. Así que soy yo la que tiene que agradecerte.

—¡Qué susto me dieron! —exclamó Melina—. Pensé que iba a tener que cuidar al pato yo sola —agregó mientras sonreía.

Lyna y la abuela la miraron en silencio por un segundo, pero pronto las risas de las tres brotaron e inundaron la sala, mientras el Señor Pato graznaba sin parar.

Descansaron durante un tiempo que pareció eterno, aunque solo había pasado media hora. Cuando Lyna sintió que había recuperado la fuerza, le dijo al resto que lo mejor era seguir adelante.

—Creo que deberíamos ver qué hay del otro lado —dijo mientras se incorporaba y abría la puerta.

Cruzaron el umbral y, cuando las antorchas llenaron de luz la sala, se quedaron petrificados.

Comprendieron al instante que esa era la prueba que Margarito había plantado para ellos.

Mirasen hacia donde mirasen, el lugar les resultaba completamente familiar: una réplica exacta de la sala de estar de la casa en la colina donde las niñas pasaban sus vacaciones.

Comenzaron a recorrerla acariciando con las yemas de los dedos todos los objetos que veían, sin salir de su asombro.

—Lyna —susurró Melina mientras la abuela se alejaba inspeccionando el lugar—. Mirá, hay un jarrón igual al que rompimos —dijo y lo señaló con disimulo.

Su hermana asintió y Melina se acercó al objeto para llevárselo, pero apenas lo levantó de la mesa sobre la que estaba apoyado, una flecha cruzó la habitación, le rozó el pelo y terminó por clavarse en la pared, a centímetros de ella.

Melina retrocedió rápidamente, asustada.

—¡Abuela, no toques nada! —exclamó Lyna al ver lo que había pasado.

¡SPLAT!

Los objetos de la habitación eran peligrosos, sí. Pero ¿por qué? ¿Qué había que hacer para superar esa prueba? Las chicas intentaban comprender por qué se disparó la flecha, de dónde había venido y qué debían hacer.

—M'hijitas, miren esta pintura —dijo Rita, que no había escuchado la advertencia de su nieta, mientras descolgaba la pieza de arte de la pared—. Es muy bonita, creo que quedaría bien en la sala.

Lyna y Melina la miraron con pánico, pero se sorprendieron al ver que ninguna flecha cruzaba la habitación.

Debajo del cuadro había un botón. La abuela no dudó en presionarlo. Pero nada ocurrió, solo un chasquido, como si un engranaje se hubiera activado en algún lugar de la sala.

—¡Ya lo tengo! —exclamó Lyna, mientras se acercaba a su abuela—. Nunca habías visto ese cuadro en tu casa, ¿no?

—Y no, Lynita. Si lo tuviera ahí, ¿para qué querría llevármelo? —respondió la anciana encogiéndose de hombros.

—Tal vez esté equivocada, pero creo que hay que buscar objetos que nunca hayan estado en la habitación real —concluyó la nieta.

★

Las tres comenzaron una ardua y meticulosa búsqueda de las diferencias entre las habitaciones. Melina encontró una alfombra y Lyna un libro que les parecían extraños. Rita confirmó que nunca los había visto. Las niñas retiraron esos objetos y... ¡más botones! Rita los presionó y volvieron a escuchar ese chasquido metálico.

Habían pasado más de dos horas encerrados en la habitación y nada. Hasta que Rita identificó un plato que nunca había pertenecido a la familia y presionó el activador que había debajo. Esta vez, a diferencia de lo que había ocurrido anteriormente, el suelo comenzó a temblar. Y de pronto parte de una pared se derrumbó, dejando al descubierto un pasillo idéntico al de la casa de Tembleque. ¡Habían podido identificar todos los objetos extraños con éxito!

Pasaron por encima de los escombros que había dejado el muro al colapsar.

—¡Ey, miren esto! —gritó Melina. Estaba parada frente a la puerta que, en la casa real, daba a la habitación prohibida donde habían encontrado la

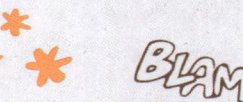

caja con las instrucciones para llegar al tesoro.

—Espero que valga la pena, m'hijita, porque si no, me hiciste dar seis pasos en vano —se quejó Rita mientras se acercaba a su nieta.

Melina señaló el picaporte. Le faltaba un pedazo. Lyna comprendió al instante qué era lo que quería decir su hermana. La anciana, mientras tanto, entrecerraba sus ojos, intentando enfocar la vista en lo que su nieta señalaba, pero no conseguía ver nada. Se quitó sus anteojos, los limpió y volvió a colocárselos. Su vista ahora era más clara.

—Ahhh —dijo la abuela, mirando lo que Melina señalaba—. Sigo sin entender.

Lyna buscó en su bolsillo el pequeño trozo de cristal que había llevado consigo todo el viaje y lo acercó con cuidado al picaporte, que era del mismo material. Las formas encajaban perfectamente, así que presionó y lo colocó en su lugar.

Se escuchó un fuerte chasquido y el picaporte brilló ahora con un tono amarillo.

—El bisabuelo Margarito dijo en su carta que la prueba que solo nosotros podíamos pasar era la última —pensó en voz alta Melina.

—¡Del otro lado de esta puerta está nuestro tesoro! —dijo entusiasmada Lyna mientras ponía su mano en el picaporte—. ¡Lo logramos!

—Esperen, queridas —interrumpió Rita—. Antes de que abramos esa puerta quería decirles algo, pero si me lo preguntan más adelante no voy a admitir haberlo dicho. Estoy muy orgullosa de haber podido hacer esto con ustedes, y que hayamos resuelto todos los problemas que tuvimos como una familia.

—Awww —dijeron Lyna y Melina casi al unísono mientras se fundían con la anciana en un abrazo.

—Y sea cual sea el tesoro que nos espere del otro lado, yo ya estoy satisfecha —concluyó Rita, y le hizo una señal a Lyna para que abriera la puerta.

—★—

¡LO LOGRAMOS!

8 Otra vez... la abuela

La puerta se abrió de par en par y dejó a la vista algo que sorprendió a todos: una habitación con suelo de madera y paredes de roca, completamente vacía salvo por una especie de altar en un rincón, sobre el que reposaba un pequeño almohadón rojo.

Los cuatro comenzaron a recorrer la sala, temiendo que alguna trampa inesperada se activase en cualquier momento. Pero nada pasó. Eso era todo. Esa era la habitación del tesoro.

Al acercarse pudieron notar que sobre el almohadón reposaba una moneda. Parecía de plata.

Las tres se quedaron inmóviles, sin saber qué hacer.

—¡¿Esta porquería es el tesoro?! —gritó Rita mientras levantaba la moneda—. ¿Puse en peligro mi valiosa vida por esto?

—Tranquila, abuela —intentó calmarla Melina—. Lo que importa es que lo resolvimos como un equipo, ¿no? —dijo decepcionada, intentando convencerse de que había algo positivo en lo que había pasado.

—¿Y eso qué importa? ¡Yo vine acá porque creía que iba a ser rica! —gritó Rita, hecha una furia.

Después, guardó la moneda en su bolsillo y dieron media vuelta para regresar por el mismo lugar por el que habían venido.

Aproximadamente una hora y media después, salieron del templo. Subieron al auto sin emitir una sola palabra y, con una puerta menos y un clima de tensión casi insoportable, emprendieron el viaje de regreso. ★

La abuela condujo por el desierto hasta encontrarse con el camino que había dejado atrás y no se detuvo hasta varias horas después, cuando tuvo que cargar combustible.

Lyna y Melina sabían que las posibilidades de encontrar internet en una zona tan alejada eran casi inexistentes, pero lo intentaron de todas formas. Algo les decía que ese tesoro no era una simple moneda sin valor, que su bisabuelo la había protegido con tanto empeño por alguna razón.

Rita bajó del auto seguida por el Señor Pato y entró en la estación de servicio. Quería comer o tomar algo que le cambiara un poco el malhumor que tenía. Vio en la otra punta una máquina expendedora con una bebida gaseosa que hacía muchísimo tiempo que no tomaba, y se dirigió hasta allí.

Mientras tanto, afuera, las chicas miraban impacientes cómo se abría lentamente la página web que hablaba sobre el "Tesoro de Minuca", nombre con el que era conocida la moneda. Cuando terminó de cargar, leyeron el artículo y se quedaron sin palabras... ¡Ese pequeño objeto valía una fortuna!

—¡Somos millonarias! —gritó Lyna, totalmente fuera de control por la alegría, y las hermanas se abrazaron.

En ese momento, la anciana se acercaba al auto con la bebida en una mano y una sonrisa en el rostro.

—Ahora estoy mucho mejor —dijo, y se interrumpió al ver a las chicas festejando—. ¿Qué me perdí?

—¡Abuela, somos ricas! —le explicó Lyna—. ¡Esa moneda vale millones!

Rita se quedó petrificada. Miró a sus nietas, giró la vista hacia la lata que llevaba en la mano y volvió a mirar a sus nietas.

—No me digas que... —comenzó Lyna.

Pero la anciana dejó caer su bebida y corrió hacia el interior de la estación de servicio, seguida por las niñas y el pato.

—¡Devuélveme mi moneda, máquina del demonio! —comenzó a gritar mientras le daba golpes con el cucharón y patadas a la máquina expendedora—. ¡Tengo que ser millonaria!

Al ver a la abuela totalmente fuera de control, dos empleados se acercaron con intención de tranquilizarla. Pero era imposible, así que

decidieron sacarla del lugar. La llevaron de los brazos hasta la puerta y la trabaron para que no pudiera volver a entrar.

—¡RATEROS! —gritaba la anciana con todas sus fuerzas—. ¡Van a conocer la ira de Rita por haberse robado mi tesoro!

—¡Ay, nooooo! —exclamó Meli.

—¡Ay, sí! —dijo Lyna—. Volvemos a empezar... ¿Cómo vamos a encontrar nuestra moneda entre las miles que debe tener esa máquina?

—No sé vos, pero yo estoy dispuesta a intentarlo —aseguró su hermana y ambas empezaron a preparase para la nueva aventura.